蒙古马精神

内蒙古□□丛书【口袋书】

赵嘉敏等·著

内蒙古出版集团

内蒙古人民出版社

图书在版编目（CIP）数据

蒙古马精神 / 赵嘉敏等著 . —呼和浩特 : 内蒙古人民出版社 , 2019.7（2023.3 重印）
（内蒙古马文化与马产业研究丛书：口袋书）
ISBN 978-7-204-16013-6

Ⅰ . ①蒙… Ⅱ . ①赵… Ⅲ . ①蒙古族 - 民族精神 - 研究 - 中国 Ⅳ . ① K281.2

中国版本图书馆 CIP 数据核字（2019）第 155279 号

蒙古马精神

作　　者	赵嘉敏等	
责任编辑	王　静　蔺小英	
封面设计	额伊勒德格	
出版发行	内蒙古出版集团　内蒙古人民出版社	
地　　址	呼和浩特市新城区中山东路 8 号波士名人国际 B 座 5 层	
网　　址	http://www.impph.cn	
印　　刷	内蒙古恩科赛美好印刷有限公司	
开　　本	889mm×1194mm　1/48	
印　　张	2.25	
字　　数	55 千	
版　　次	2019 年 7 月第 1 版	
印　　次	2023 年 3 月第 2 次印刷	
标准书号	ISBN 978-7-204-16013-6	
定　　价	12.80 元	

如发现印装质量问题，请与我社联系。
联系电话：（0471）3946120

编委会

主　任：杭栓柱　高文鸿

副主任：胡益华　朱　浪

编　委：侯淑霞　毅　松　马慧吉

　　　　宋生贵　扎格尔　李　晶

　　　　马庆和　包赛吉拉夫

　　　　李晓秋　梁义光　李洪波

　　　　王　宇　王树国　陈小明

　　　　武高明　董　杰

前　言

2014年春节前夕，习近平总书记在考察内蒙古时说："马年春节就要到了，我想到了蒙古马，蒙古马虽然没有国外名马那样的高大个头，但生命力强、耐力强、体魄健壮。我们干事创业就要像蒙古马那样，有一种吃苦耐劳、一往无前的精神。"

习近平总书记的这一概述不仅丰富了蒙古马的精神内涵，而且揭示了马背民族古老而神奇的文化底蕴和丰富内涵，让"蒙古马精神"在辽阔的内蒙古大草原上深入人心。让更多的人了解"蒙古马精神"、弘扬"蒙古马精神"，从中获取丰富的精神养料和精神动力，这是本口袋书创作的初衷。

目 录

蒙古马精神

第一章 ○○○○○
蒙古马：草原民族的象征和图腾

　　蒙古马在蒙古高原特有的自然环境的孕育下，作为独立起源发展壮大。早在上古时代，蒙古马就凭借着它的力量、速度等生理优势成为游牧民族生存、生产、生活的重要组成部分，加之它具有其他马匹所不具备的抗严寒、耐粗饲、抗病力强、持久力好以及适应性强等优良特性，使原始的草原先民产生了崇拜心理和特殊感情，成为草原民族的图腾和文化象征。

（一）蒙古马——来自草原的战马

蒙古马起源于蒙古野马，广泛分布于蒙古高原，是以主要原产地命名的世界古老马种之一。蒙古马体格不大，平均肩高 120—135 厘米，体重 267—370 千克。它兴起于人类由畜牧狩猎经济到游牧经济的过渡阶段，发展于游牧经济的发育成熟阶段，在游牧社会中扮演着重要的角色。它为人们提供了肉、乳、血、骨、皮、鬃、尾毛等生活资料，还承担了役力、通讯、征战等重要任务，其有别于其他牲畜的速度

等生理特点使它可以成为冷兵器时代作战的重要"武器"，它的空前的地位和影响力持续了 2000 多年。

在我国，由于生态环境的差异，蒙古马大致形成了三大类群：体格较大，体质结实粗糙，体躯粗壮的乌珠穆沁马；体格较小，体形清秀，体质结实紧凑的乌审马；体质结实，结构紧凑，体格中

等的百岔铁蹄马。其中乌珠穆沁马是较典型的蒙古马，身体强壮，抗病耐劳，善于长途奔跑，适宜作战行军，在古代战争中屡建功勋。据说，世界著名的唐昭陵六骏中就有一匹乌珠穆沁马。身体灵活、很有灵气的乌审马可以在戈壁沙地行走如飞，成吉思汗陵内的那匹"温都根查干"白神马就是乌审马。山地类型的百岔铁蹄马拥有更迅速的奔跑能力，有民谚："千里疾风万里霞，追不上百岔的铁蹄马。"

据记载，蒙古马有一种特殊的"走马"步伐，能够保持同等的速度日夜奔袭，它可以毫不嫌弃地吃任何异地草原或品质极差的粮草，这使得它在战场上能保存充沛的体力。成吉思汗在垂训中说："马喂肥时能疾驰，肥瘦适中或庾时也能疾驰，才可称为良马。不能在这三种状态下疾驰的马，不能成为良马。"虽然体形矮小，但经过调驯的蒙古马，在战场上不惊不乍、勇猛无比，是优良的战用马匹。

蒙古族被称作"马背上的民族"，

这里的人都擅长骑马。蒙古帝国被誉为"马之帝国"，成吉思汗的卫队就是由精良的骑兵队组成，历史上称他是以"弓马之利取天下"的。当年蒙古大军以摧枯拉朽之势一路西行的时候，主要仰仗的就是蒙古马的优势。一是蒙古

马具有的超强耐力，蒙古马作为世界上忍耐力最强的马，对环境和食物的要求极低，耐粗食，什么都吃，无论是在欧洲的高寒荒漠，还是在欧洲的平原，蒙古马随时随地都可以找到食物，而且无论是严寒还是酷暑它们都可以在野外生存，可以说蒙古马具有超强的适应能力。而蒙古大军的马更像是士兵一样，具有强大的战斗力，能够带着士兵疾行一百里地都不会感到疲惫，遇到较窄的河流也能驮着主人游过去。二是蒙古大军有

极好的军事制度，"凡出师，人有数马，日轮一骑乘之，故马不困弊。"就是说马可以歇，但是人不能得一时歇，日夜兼程，欧洲人永远都算不出来蒙古大军的速度的原因正在于此。三是蒙古马可以随时胜任骑乘和拉车载重的工作，并且能够为军队提供粮食。军队中的马大部分是母马，母马可以提供马奶，这大大减少了蒙古军队对后勤的要求，所以蒙古大军可以"兵马先动，粮草后行"。据史料记载，成吉思汗铁骑在西征的时候，经常靠蒙古马的惊人速度以及超强的耐力对敌人进行突然袭击，从而取得胜利。以历史上著名的"十三翼之战"为例，成吉思汗与扎木合双方出兵6万，随军之马竟达20万之多。1219年9月，成吉思汗的两位大将速布台和哲别攻打花剌子模国讹答剌城时，因城内保卫工

事坚固而未能攻破，哲别带军队退居500里外休整队伍。敌探得知成吉思汗大军退到500里外时，城内卫军便放下心来，放松了警惕。蒙古大军休整几天后，有一晚哲别突然下令，率大军进攻讹城。大军夜行500里次日清晨到达城下，进行突然进攻。因城内毫无准备，成吉思汗大军轻易攻破了城，大获全胜。此后蒙古军名声大振，仅用两年时间就打败了强大的花剌子模国。蒙古马虽然冲刺速度不如欧洲马，可是善于长途奔袭，而且对草料的需求比其他马低，耐得住严酷的自然条件。从小生于苦寒之地的蒙古人吃苦耐劳，有时候就靠喝马奶充饥。蒙古大军没有辎重的困扰，所以能够展开惊人的大范围不停歇的行动。

（二）蒙古马——蒙古人的忠实伙伴和战友

蒙古马是蒙古人的忠实伙伴和战友，他们彼此依靠相互信任，基于这样的特殊情感，人与马之间就自然形成了在原始宗教、民俗习惯、文学艺术、思维审美等方面的诸多文化现象。蒙古马既是蒙古民族的图腾，又是草原文化的象征。

　　游牧先民对马的图腾崇拜远远早于驯服和畜养马的历史。强悍有力、疾驰如飞的马被处于原始思维时期的人们认为是"苍天"（最高的神灵）派到人间的天神，肩负着人类与天神之间沟通心灵的使命，是通天之神灵。祭祀天地的活动中，马都是不可缺少的重要"道具"。

　　在鄂尔多斯草原流传着这样一个美丽的传说，从前草原水草肥美，牛羊成群，但没有马，天上的仙女将宝钗摘下来，宝钗落到半空，天空被炸开一道缝隙，眨眼间成群成群神奇俊俏的动物降到草滩上，神蹄落地即形成草原上前所未有的一股巨大的狂风，它们奔跑如云，体

态高大，人们称这种神奇的动物为马。于是，美丽的草原就出现了"追风马""千里马""流云马"等各种各样的马。

古老的谚语中这样描述蒙古人对马的深厚感情："蒙古人没有马，就像人没有手脚。"也许正是人对马的依恋使得马也用同样的感情忠于自己的主人，因此马被称为"义畜"。在蒙古族民间传说中曾有关于人马情感渊源的描述，尘寰形成之后，人类使用工具长期劳动，四肢两端双双地分化成手和脚，然而跑起来远不及四条腿的动物，成了常受袭击的受气包。蒙古人无可奈何，想借助一种善跑的动物来逃脱各种危险。他们首先看中了老虎，可是骑虎难下不说，反把自己喂养的几头牛给它当了干粮，还有把自己搭进去的危险，蒙古人便放弃了对老虎的指望。有一天，他们看到一匹马被野兽追逐得万分危急，就地拿起木棒与野兽对抗，几经打斗，把马从险境中解救出来，马对人感激不尽，说："不忘你给我的再生之恩。"之后森林遭受火灾，人和马相随逃避，可是人凭两条腿跑得太慢，马对人说："快骑到我背上吧！"人跨上马背急速逃奔出来，最后人和马都保住了性命。从此，蒙古人和马成了相依为命的朋友。

在英雄史诗《江格尔》中，几乎篇篇都有对骏马的歌颂以及马和主人公同甘苦、共命运的战斗传说，马不但同英雄一样勇敢、坚强，具有高超的智慧，而且往往在关键时刻成为英雄的救世主和启蒙者。如江格尔对自己的坐骑说："帮我征服莽古斯，让我江格尔名扬天下的神驹阿仁，我带你不是胜过我的爱妻吗？我爱你不是胜过我的爱子吗？你和洪木尔一样，都是我江格尔的命根子。""尥着蹶子，往下跳一千八百下，往上跳一千八百下，折断了顶住人马脖颈的五千支矛尖，驮着主人冲出重围一次。""英雄洪古尔被毒气熏昏在敌人的宫顶上，危在旦夕。它的坐骑急中生智，抬起钢蹄不停地跺地，使大地摇晃，宫顶欲坠，将主人震醒。"著名的歌曲《蒙古马之歌》这样传唱："护着负伤的主人，绝不让敌人靠近；望着牺牲的主人，两眼泪雨倾盆。"另据文献记述，蒙古族著名作家尹湛纳希在返乡途中不幸落马，昏厥之际，他的坐骑与两只狼殊死搏斗，最终成功保护了主人。文学创作中的马虽高于生活，有创作化、艺术化的升华，但是马是有灵性及忠于主人的特性，是不容怀疑的。

从古到今，歌曲、舞蹈、绘画、雕刻等领域也随处可见马的题材。在游牧先民尚未驯养马以前，马的形象已被刻磨在岩石峭壁上。从造型上来看，基本以写实的手法表现出了野马的形体，但耳朵、尾巴和生殖器官等明显超出实际比例，表现出当时人们对野马的一种理解与认识。早期岩画中人马同现的画面及人在马前舞动的场面，表现出当时人们渴望接近野马的心理愿望。随着牵马、猎马、骑马（无鞍具马）、牧马等岩画的出现，反映出蒙古先民驯马养马的生动经历。诸多北方游牧民族的古墓壁画和青铜纹饰上，马的踪迹和形象也是无时不在、无处不有。鄂尔多斯青铜器从冠饰到戒器柄饰，均有栩栩如生的马的造型，夏家店上层文化中出土的金属马具表明人类驯养马匹已经有一段不短的历史，在南山根3号墓和102号墓

出土了著名的"骑士追兔纹铜环"和"驾车狩猎纹骨饰牌"，均反映了当时人们的生活状态。

　　蒙古马被驯养并成为人们赖以生存的重要伙伴后，关于马的民俗随之产生。有打马鬃、酿马奶酒、烙马印等生产民俗，也有拴马、跑马、赛马、马上技巧等游

艺民俗。就以马用具的产生和发展来说，它对整个人类文明进程的发展起到了重要的推动作用。马用具一般可分为基本用具和辅助用具。基本用具是指直接用于马身的用具，包括马鞍、马镫、马笼头、马绊、鞍鞯、鞍鞒等。辅助用具是关于马的驯养管理的用具，包括马鞭、套马杆、夹板等。在人们开始驯养马时发明了马笼头，当人们开始跨上马背驱马飞驰时发明了马嚼子，这也意味着游牧先民骑乘时代的到来，具有划时代的意义。

古代的蒙古人过着逐水草而居的游牧生活，自然环境的恶劣和生产力水平的低下使他们只能不断地去适应自然，寻找水草肥美的地方暂时安营扎寨，蒙古马作为交通工具极大地提高了他们的迁徙能力和劳动效率。这是马最初被人们重视的首要原因。芒来和旺其格编著的《蒙古人与马》中讲道："蒙古人从早先的养马享受利益后越来越重视和崇拜马了。"俄国学者弗拉基米尔佐夫曾在《拉施特传》中说："蒙古草原上马比一切更受重视。马群是古代蒙古人的主要财富。没有马，草原经济便无法经营。马是蒙古人的交通工具，用于战争与围猎……"在马背民族心中，马已不是普通的动物，而成了一种圣物。蒙古马既满足了蒙古人物质生活的需要，又满足

了其精神生活的需求，是蒙古族文化形成和发展的源泉和象征。对于蒙古人来说，蒙古马是诉说不尽、抒写不完的永恒的对象，永恒的主题，爱马赞马是需要抒发并且永远抒发不完的心声。马寄托着蒙古人的情感，也激发了人们吃苦耐劳、一往无前的奋斗精神。

（三）蒙古马精神——不同文明交流互鉴的美丽篇章

蒙古高原是众多游牧民族繁衍生息的家园，他们在与大自然的抗争和自身的生存发展过程中创造了自己的文化，也形成了以文化维系起来的民族。各民族薪尽而火传、草枯又再生，各民族文化相互吸收传承，逐步形成了统一的草原文化。"蒙古马精神"植根于草原文化，是草原文化的杰出代表和文化符号，滋养和激励着马背民族奋斗和拼搏，同时在草原文化与中原文化的长期碰撞、交流、融合中，"蒙古马精神"也融入了华夏文明，成为中华民族历经磨难而又

生生不息、历久弥新的动力之源，成为"中国精神"的一部分。

2019 年 5 月 15 日，习近平总书记在北京国家会议中心出席亚洲文明对话大会开幕式所发表的题为《深化文明交流互鉴 共建亚洲命运共同体》的演讲中指出："一切生命有机体都需要新陈代谢，否则生命就会停止。文明也是一样，如果长期自我封闭，必将走向衰落。交流互鉴是文明发展的本质要求。只有同其他文明交流互鉴、取长补短，才能保持旺盛生命活力。""蒙古马精神"源于蒙古马对草原民族生产生活的重要作用和草原民族对蒙古马的人文情怀，在这样的基础上"蒙古马精神"孕育而生。正如习近平总书记所指出的：自古以来，匈奴、乌桓、鲜卑、突厥、回纥、契丹、女真、蒙古、汉等民族在这片辽阔的土地上繁衍生息，共同创造了美好家园。回顾历史，民族和平友好相处的范例不胜枚举。如千古相传的昭君出塞的故事，为中国和亲史书写下了最为亮丽的篇章。波澜壮阔的孝文帝改革，在中国历史上也写下了浓墨重彩的一笔。再如谱写了蒙汉友好佳话的隆庆和议，促进了蒙汉人民的经济和文化交流。历史证明，在内蒙古高原这个北方游牧文化的摇篮，各民族之间的关系虽然纷繁复杂，但各民族相互依存、相互促进、共同发展始终是民族关系发展的主流。

蒙古马是蒙古人的民族符号和文化名片，"蒙古马精神"书写了不同文明交流互鉴的美丽篇章。这一文化特征经过了原始氏族的自然崇拜期、部族联盟

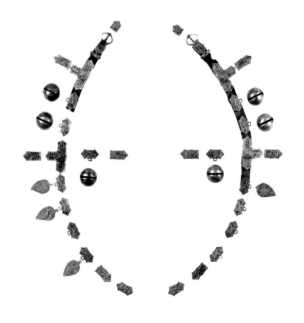

时的人马形象的整合期，最后成为草原民族文化精神的重要象征。这在原始宗教、文学艺术、民俗传统等领域有着充分的体现，圣选神马、供奉溜圆白骏、祭祀禄马风旗的图腾崇拜；《江格尔》《英雄史诗》《成吉思汗的两匹骏马》的文化象征；"骑士追兔纹铜环"和"驾车狩猎纹骨饰牌"的出土文物；赛马节、马驹节、马奶节、神马节的传统节日；打马鬃、酿马奶酒、烙马印、跑马、赛马的民俗活动；马鞍、马锤、马笼头、鞍鞯、鞍鞒的马用具；中原文化中《诗经》《楚辞》中的"萧萧马鸣""乘骐骥以驰骋兮"等名句；汉武帝的《天马歌》、曹植的《白马赋》、韩愈的《马说》等名篇；"好马从驹起，好人从幼始""君子一言，驷马难追"等谚语；《万马奔腾》《赛马》等艺术名作……人们爱马、敬马、尊马，颂马、画马、赞马，赋予了马太多的文化内涵，形成了丰富多彩的中国马文化。每一种文化都延续着一个国家和民族的精神血脉，既需要薪火相传、代代守护，更需要与时俱进、勇于创新。"蒙古马精神"以蒙古马为载体，从最初原始宗教的图腾崇拜和文学艺术的歌颂缘起最终抽象到它所承载的民族精神与时代精神，它是内蒙古人民奋斗精神的集中体现，赋予了草原上各族人民强大的精神力量；它深深扎根于中华各族人民的奋斗历程中，极大地丰富了中国精神的谱系；它经历了历史的变迁，积淀着草原民族最深层的精神追求，代表着草原民族独特的精神标识。"蒙古马精神"在特殊的自然条件、生产实践基础和游牧历史背景下成为内蒙古自治区的一面旗帜、一种有共识的价值观。

"蒙古马精神"在孕育、形成、提出的过程中适应时代需要，生动体现了不同文明交流互鉴的美丽篇章，为内蒙古自治区打造祖国北疆亮丽风景线增添了新的活力，是跨越时空、超越民族的富有永恒魅力具有当代价值的宝贵精神财富。

第二章 ○○○○○
"蒙古马精神"：丰富内涵与努力践行

　　作为"马背上的民族"，蒙古族在其发展的漫长历史过程中，在其日常生产和生活中，已经与蒙古马紧密联系在一起。蒙古马的固有特质塑造了"蒙古马精神"，吃苦耐劳、一往无前的丰富内涵也成为内蒙古各族人民守望相助、团结奋进的真实写照。

（一）"蒙古马精神"的丰富内涵

吃苦耐劳、一往无前是"蒙古马精神"的核心要素，源于蒙古马的固有特质和奉献精神。蒙古马特殊的物种基因、严酷的生存环境和长期的遗传变异，造就了蒙古马耐寒、耐旱、耐力强的特殊属性，铸就了蒙古马独特的品格和精神。

1. "蒙古马精神"的内核——吃苦耐劳、一往无前

2014 年春节前夕，习近平总书记在考察内蒙古时对"蒙古马精神"的界定，不仅丰富了蒙古马的精神内涵，更让"蒙古马精神"在辽阔的内蒙古大草原上深入人心。这其中，"吃苦耐劳，一往无前"是"蒙古马精神"的主要内核。

（1）吃苦耐劳

吃苦耐劳，顾名思义就是能过困苦的生活，不怕困难，也经得起劳累。与其他品种不同，蒙古马最大的特点就在于能经得住最艰难困苦的生活，也经得起、耐得住劳累。这与蒙古马自身身体

结构有很大的关系。如果按照现代人对于马的审美标准，蒙古马可能算不上"美"的，因为它身材矮小、四肢粗壮、跑速慢、跨越障碍的能力与欧洲的高头大马也差了很多，可正是由于它这些身体特征塑造了其"耐力极强"的特点。蒙古马原产地在海拔1000米以上地区，该地区冬季极寒，夏季酷热，年温差及日温差较大，为大陆性气候。长期受外界自然环境条件的影响，蒙古马能充分利用高寒草地的牧草资源，对高寒草地的生态环境条件具有极强的适应性。由于长期生活在自然条件恶劣的北方高寒地带，在狐狼出没的草原上风餐露宿，蒙古马常常处于半野生的生存状态，它们既没有舒适

的马厩，也没有精美的饲料，夏日忍受酷暑蚊虫，冬季能耐得住 -40℃的严寒。经过自然和人工的双重选择，蒙古马头大颈短、骨骼健壮、胸宽鬃长、皮厚毛粗、蹄质坚硬，具有适应性强、耐粗饲、易增膘、持久力强和寿命长等优良特性。蒙古马虽不善跳跃，但不易得内科病，运动中不易受伤，体力恢复快；肺部发育良好，能适应超负荷的驮载；睫毛致密，无眼疾，视力强于其他马种，色盲程度稍轻；关节不凸出，能长时间负重行走。国际上著名的纯血马虽然奔跑速度快，但奔跑距离短。与之相比，蒙古马勇猛无比，且在长途比赛中很少中途停歇，更适合长途跋涉，是中国三大名马里最

有耐力的一种马，按照一般的说法是耐粗食，还可以耐饥。

（2）一往无前

"一往无前"就是说勇敢地一直向前，形容毫无畏惧地迎着困难而上、不达目的绝不罢休。蒙古马可以穿越茫茫大漠、踏过皑皑雪原，而且能够直面沿途种种困难，毫无畏惧地迎着困难向前，永不放弃自己的既定目标。蒙古军队是13世纪征服欧洲的一个因素，还有一个重要的因素是这支军队所依赖的那种身材矮小势不可挡的蒙古马。总之，无论是在日常生活与劳作中，还是在刀光剑影的战场上，蒙古马都鲜明地体现了一往无前、昂扬锐气、勇于进取的突出特征。

吃苦耐劳、一往无前的蒙古马是草原上的一道亮丽风景线，随着历史的积淀与实践的熔铸，内蒙古各族人民的生活与血脉中都融入了"蒙古马精神"。任何一个时代的进步和社会的发展都需要有支撑它前进的精神动力，深刻认识和理解"蒙古马精神"的内涵，充分挖掘"蒙古马精神"的内在价值，更加积极主动地弘扬和践行"蒙古马精神"，将激发全社会的吃苦耐劳、勇往直前的精神状态，有助于各族人民团结奋斗，齐心协力，奋勇拼搏，把祖国北疆这道风景线打造得更加亮丽。

2. "蒙古马精神"的延伸——守望相助、和谐共生

蒙古马属于群居动物，它们习惯彼此相互照应，增加安全感。艰苦的生存环境更是促使蒙古马形成了很强的群体意识。为了维护群体生活，马群内一般都有明确的分工，如果遇到外敌侵袭，马群会把怀孕的母马和小马驹围在中央，成年健壮的公马在外圈带领马群一起逃跑。蒙古马的这种团结互助、同舟共济、同心协力的品质在新时代可以凝练延伸为守望相助、和谐共生的"蒙古马精神"。

（1）守望相助

2014年1月，习近平总书记在考察内蒙古时提出：希望内蒙古各族干部群众守望相助。守就是守好家门，守好祖国边疆，守好内蒙古少数民族美好的精神家园；望就是登高望远，规划事业、谋求发展要跳出当地、跳出自然条件限制、跳出内蒙古，有宽广的世界眼光，有大局意识；相助，就是各族干部群众要牢固树立平等团结互助和谐的思想，

各族人民拧成一股绳，共同守卫祖国边疆，共同创造美好生活。

守望相助是"平等、团结、互助、和谐"的社会主义民族关系的升华和创新，守望相助与当代中国国情紧密结合，具有鲜明的中国特色、丰富的内涵和强烈的时代气息，具有深远的历史意义和现实意义。在中华民族这个统一的大家庭中，各民族之间就是要守望相助、荣辱与共，共同谱写"平等、团结、互助、和谐"的社会主义民族关系的新篇章，共同为实现中华民族伟大复兴的中国梦而努力奋斗。

"蒙古马精神"是实现守望相助、开创美好未来的精神源泉。自然家园是一个民族得以现实存在的基础，而精神

家园则是一个民族永续发展的关键。各族人民只有守护好精神家园才可以凝聚民族之魂，号召民族之力，这就要求各族人民要维系好本民族的文化根基与血统。草原文化是中华文化的优秀组成部分，是蒙古民族生生不息、勇往直前的精神动力，是少数民族美好的精神家园。

"蒙古马精神"植根于草原文化，以丰富的内涵体现了草原民族吃苦耐劳、一往无前的精神风貌。因此，着力培育和弘扬植根于草原文化独具民族特性有良好群众基础的"蒙古马精神"，发挥"蒙古马精神"的时代价值，激励各族人民做建设中国特色社会主义共同理想的坚定信仰者和忠实实践者，对于传承和发展优秀民族文化，激励全区各族干部群众尽责圆梦、守望相助，共同守卫祖国边疆，共同守护好少数民族的精神家园具有极大的推动作用。内蒙古自治区成立 72 年来，各族人民在党的领导下，以吃苦耐劳、一往无前的"蒙古马精神"，守望相助、团结奋斗，生动践行民族区域自治制度，取得了令世人瞩目的成就。

（2）和谐共生

　　天空、草原、马匹、蒙古包，这是许多人对内蒙古最直接的印象，蒙古族与天、地的和谐相生，与众生的共生共存，体现了蒙古民族的深邃文化内涵。因此，当马这种富有灵性的动物走入蒙古民族的生活，就注定成为这个民族的伙伴。蒙古人若没有蒙古马相伴就好像丢了魂魄，一望无际的蒙古草原若没有蒙古马的点缀就像没有鲜花一样空荡。"《江格尔》中的英雄，在战斗前总是在爱抚中与马沟通，在战斗中不能很快取胜时，总是与对手下马较量，让坐骑休息；在战斗间隙、吃喝休息时，总是放开爱马，任其自由觅食；在向坐骑提出要求、布置任务时，也总是友好信任的态度。""蒙

古马精神"的和谐共生体现在人与马、人与人、人与自然的各种关系中，这也就是草原文化的真谛。人与马之间平等互爱、互相尊重才能够配合默契、和谐相处。

　　斗转星移，蒙古牧人不论是在牧场还是在激烈厮杀的战场，都有蒙古马陪伴的身影。闲暇时蒙古人热爱拉马头琴，骏马在辽阔的草原上奔腾，和着这悠长的古调，好一幅温馨和谐的画面，酣畅淋漓地诠释了蒙古民族

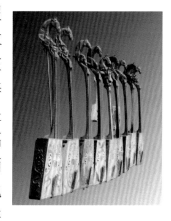

与马的神圣情感。蒙古族游牧的生产方式，是一种流动性的、空间性的生产方式。在这种天、地、人的三维空间中，蒙古人可谓和天地自然零距离的接触，切身感受到自然与人的对立统一，从而在生存的主动与被动之间，渐渐地磨砺出平和自然、去留随意、处之泰然、沉默肃穆、

无为不争的民族胸怀。这是一种直面自然、尊重自然的逻辑。所以，当自然对人类构成威胁时，他们也能够换位思考，平和且平静地表达出真正意义上的"自然崇拜"。"即纳人类于自然之中，不凌驾于自然，也不屈就于自然，以从容之心，既容常规常理，也容大灾大难——不论生老病死还是悲欢离合，不论爱恨情仇还是恩怨哀乐，都能遵循大自然的法则，从而超越事情和功利本身，以平和坦荡待之。"

吃苦耐劳是"蒙古马精神"的源泉，一往无前是"蒙古马精神"的途径，守望相助是我们共同努力实现的目标。"蒙古马精神"逐渐演化为伟大的民族精神，在中华民族的生存发展中体现和升华，是各民族共有的宝贵精神财富。

（二）"蒙古马精神"在内蒙古各个时期的体现

"坚韧不拔"的精神历来是内蒙古草原儿女的优良传统，无论是在烽火硝

烟、金戈铁马的革命斗争时期，还是在社会主义建设与改革开放时期，内蒙古各族人民响应党的号召，跟随党的步伐，艰苦奋斗、勇往直前、无私奉献，用"蒙古马精神"凝聚起了强大的精神力量。

1. 内蒙古革命战争年代的"蒙古马精神"

1840 年，鸦片战争的爆发，使得中国逐步沦为半殖民地半封建社会，清王朝的封建统治逐步瓦解，帝国主义掀起了对中国的瓜分狂潮，帝国主义在内蒙古推行"满蒙政策"，扶持傀儡政权，制造分裂，分而治之，使内蒙古成为沦陷区，民族压迫和民族同化政策使内蒙古各族人民陷入了贫困、落后、苦难的深渊。中国共产党的成立，给内蒙古各族人民翻身得解放带来了希望，也正是草原儿女的"蒙古马精神"为自己的解放提供了强大的精神动力。

（1）使命担当、用生命捍卫内蒙古的团结统一

蒙古马被称为"义畜"，是五畜之首。它虽然生性刚烈剽悍，但对驯养它的主人和承载它的草原却充满着无限的忠诚和眷恋，在危急时刻甚至不惜以自我的牺牲来挽救主人的生命。蒙古马对于主人赤胆忠心之情就像在革命战争年代内蒙古对于祖国坚贞不移之爱。

近代以来，中华民族饱受帝国主义侵略和封建主义剥削之际，水草丰美的内蒙古也成为帝国主义列强争夺的对象，同样也经历着颠簸动荡，凄风苦雨。在家国破碎、内忧外患的时代背景下，内蒙古人民自觉承担起驱除外敌，保卫家国的历史使命，在一次又一次的历史关键点上，以其坚强的家国信念，奋起抵抗外敌，同祖国共存亡。这片辽阔大地的淳朴人民当然热爱自己的土地，面对外来侵略者和国内反动派，他们奋起反抗，用生命践行"蒙古马精神"中的坚贞不移、使命担当，全力守护自己的家园。内蒙古人民的近代史，就是一部不屈不挠的抗争史，就是为了实现民族解放与国家统一而英勇奋斗的革命史。一次次的顽强拼搏，内蒙古各族人民展现的是对祖国和家乡的赤子之情和强烈的政治责任感和使命感，他们用鲜血和生命捍卫了内蒙古的团结统一。在党的领导下，为了民族解放与国家富强而进行的革命斗争犹如一曲悲壮的草原英雄之歌，在

内蒙古辽阔的草原上世代传唱，不断警醒与教育着草原儿女铭记历史，勇往直前！

（2）敢为人先、开创民族区域自治制度的先河

蒙古马勇猛刚毅、一马当先、奔腾向前的精神深深地融入内蒙古各族人民的心中。在解放战争的隆隆炮响中，在历史发展的关键时刻，内蒙古勇于实践、敢为人先。1947年4月23日至5月1日，第一届内蒙古人民代表会议在兴安盟乌兰浩特市胜利召开，392名与会代表聚集

一堂，代表着两百多万内蒙古人民行使人民当家做主的权利，会议经过投票，选举乌兰夫、哈丰阿为内蒙古自治政府正、副主席，成立了全国第一个少数民族自治政权——内蒙古自治政府，标志着中国共产党领导的内蒙古民族解放运动取得了伟大胜利，也为中国其他少数民族的解放树立了光辉典范。

2. 内蒙古社会主义建设时期的"蒙古马精神"

中华人民共和国成立之后，内蒙古各族人民发扬"蒙古马精神"的独特精神品质，艰苦奋斗，埋头拉车建设祖国；无私奉献，慷慨解囊援助同胞。在社会主义建设时期，始终坚持处理好中央和地方之间的关系，强调正确处理中央统一领导和发挥地方积极性的关系，在满足全国经济建设对自治区的要求时，也要真正从内蒙古实际情况出发，把事情办好，为其他民族地区始终坚持正确处理国家支持、发达地区支援和自力更生的关系树立了榜样。

（1）艰苦奋斗、埋头拉车建设祖国

中华人民共和国成立之初，国民经济崩溃、工业基础薄弱，国家以重点发展重工业来实现社会主义工业化，钢铁工业作为原材料基础产业之一，与国家的发展及社会的进步息息相关。"内蒙古凭借白云鄂博铁矿及其世界储量第一的稀土资源，承担了国家'一五'期间156个大型建设项目中的包钢和两个兵器制造厂的任务，把钢铁、铁轨、国防产品输送到祖国最需要的地方。包钢的企业精神是"坚韧不拔、超越自我"，这与"蒙古马精神"是契合的。在祖国全力进行社会主义建设时期，内蒙古人民发扬蒙古马坚持不懈地埋头苦干、吃苦

耐劳的精神，汇聚一代又一代人的努力，应对发展起来以后的问题挑战，跨越前进道路上的重重障碍，创造出了经得起实践、历史和人民检验的业绩。

（2）无私奉献、万马奔腾守护家园

内蒙古最大的特点就是积极响应党和国家的号召，从大局出发，从国家与集体出发，不等不靠，热爱祖国。就像"蒙古马"对主人有着一片赤诚，无限忠心，心甘情愿地奉献出自己全部的本领来守护自己的主人。从社会主义建设困难时期为国捐粮食、捐牲畜到3000孤儿变成"国家的孩子"，从万众一心建设包钢到数次搬迁让出最好牧场为航天事业⋯⋯这骏马，忠肝义胆！

内蒙古各族人民身体力行"蒙古马

精神"，团结统一，众志成城，齐心协力抵御外来侵略和压迫、反抗剥削，并肩奋战，筑就了中华人民共和国第一个少数民族自治区。内蒙古这匹骏马，因为民族区域自治，蹄疾步稳地走向未来。民族区域自治是内蒙古革命、建设、改革各项事业稳步前进的基本保证，也为内蒙古及中华民族的共同繁荣铺就了豪迈驰骋的大道，更为世界多民族国家解决民族问题提供了"中国方案"。

3. 内蒙古改革开放时期的"蒙古马精神"

1978 年 12 月，党的十一届三中全会做出改革开放的重大决策，开辟了社会主义事业发展新时期，中华民族由此踏上了民族复兴的伟大征程。改革开放四十多年来，内蒙古自治区各族人民在党的领导下，沐浴着党的民族政策的阳光雨露，发扬"蒙古马精神"，艰苦奋斗、一马当先，积极投身于改革的伟大事业，内蒙古综合经济实力增长、政治稳定、文化繁荣、民族团结等都实现历史性跨越，各项社会事业取得长足发展。

（1）勇往直前、改革奋进一马当先

改革开放初期，内蒙古自治区党委从实际出发改革农村经济体制，大力推广联产承包责任制，率先实施草畜双承包责任制。1979年内蒙古开始推行家庭联产承包责任制，1981年全面推开，走在了全国前列。1984年内蒙古将农村牧区的土地承包期由原来的"不定期"明确为"15年"，建立和完善了以家庭联产承包经营为基础、统分结合的双层经营体制，极大解放了生产力，大大调动农牧民的生产积极性，为实现粮食自给，解决温饱问题奠定坚实基础。改革开放以来，伴随着伟大祖国的前进脚步，内蒙古自治区解放思想，勇于实践，一路无须扬鞭自奋蹄，成为一匹奔跑在祖国北疆的"黑马"。

（2）策马扬鞭、斗志昂扬谱写新篇

蒙古马勇猛坚毅、吃苦耐劳、勇往直前的精神实质，蕴含了远大的理想与无私的情操；蒙古马勇往直前，不断进取的精神特质已成为中华文明生生不息的精神动力。牢记习近平总书记的嘱咐，阔步步入新时代的内蒙古各族人民继续发扬吃苦耐劳、一往直前的"蒙古马精神"，开拓创新、无私奉献，始终保持昂扬向上的精神状态和百折不挠、勇往直前的奋斗精神，策马扬鞭、马不停蹄，正在为实现中华民族伟大复兴的中国梦而努力奋斗。

第三章 ○○○○○
榜样彰显："蒙古马精神"的时代体现

　　"蒙古马精神"所具有的丰富历史内涵和时代价值，使其成为内蒙古自治区各族人民团结奋斗、开拓进取的重要精神源泉。内蒙古自治区成立的七十多年，尤其是改革开放以来的四十多年，全区各族人民在革命、建设、改革的生动实践中始终坚持吃苦耐劳、一往无前的"蒙古马精神"，演绎了一段段动人故事。榜样展现力量，模范蕴含精神，在伟大实践中涌现出的楷模都是"蒙古马精神"最好的时代体现。

（一）吃苦耐劳

　　吃苦耐劳是"蒙古马精神"的核心内涵之一。蒙古马与其他马相比，最大的优势就在于其有惊人的耐力，条件越艰苦越能够展示出它的优势。千百年来，它不畏严寒与风雪，始终保持吃苦耐劳的精神品质，同内蒙古各族人民一道书写着不朽的英雄赞歌。

草原上的红色文艺轻骑兵——乌兰牧骑，就是吃苦耐劳的"蒙古马精神"的典型模范。习近平总书记在 2017 年 11 月 21 日给内蒙古自治区苏尼特右旗乌兰牧骑队员们的回信中这样说：乌兰牧骑是全国文艺战线的一面旗帜，第一支乌兰牧骑就诞生在你们的家乡。60 多年来，一代代乌兰牧骑队员迎风雪、冒寒暑，长期在戈壁、草原上辗转跋涉，以天为幕布，以地为舞台，为广大农牧民送去了欢乐和文明，传递了党的声音和关怀。"即便只有一个观众，我们照样演出""穿

着棉衣，赶着马车，3月份下乡演出，回来已是8月份，那次演出时间最长，也最难以忘记。"在苏尼特右旗赛汉塔拉镇的一处平房小院里，82岁的伊兰侃侃而谈。苏尼特右旗面积37万平方公里，当时牧民近9000人，平均每40平方公里才有一人，是锡林郭勒盟地域最辽阔也最分散的一个旗，境内沙地、沙漠延绵，交通极为不便。就是在这样一个地方，第一支乌兰牧骑文化队建立，为众多牧民枯燥的生活带去乐趣。红色引领着内蒙古光明的未来，乌兰牧骑是内蒙古大草原上红色基因的传承者，他们从草原深处走来，带着泥土的清香，带着鲜花的芬芳。乌兰牧骑是中华人民共和国社会主义新文艺的成功实践者，他们从人民文艺的熔炉里走出，有力度、有温度、有气度，讲述着草原故事。乌兰牧骑只要接受了任务，就是以这种吃苦耐劳、不完成任务誓不罢休的"蒙古马精神"，驰骋在内蒙古广袤的草原上，为内蒙古自治区这道祖国北疆的文化建设风景线添砖加瓦，他们以乌兰牧骑独有的热情扎根草原沃土，服务牧民群众，推动文艺创新，按照总书记的要求，永远做草原上的"红色文艺轻骑兵"。

（二）一往无前

　　一往无前是"蒙古马精神"的又一核心内涵。蒙古马的勇猛、坚毅、一往无前的精神始终伴随影响并融合于蒙古民族，成为其民族精神的本质所在，它不单单是其民族精神的象征，更是其民族精神的体现。一往无前的"蒙古马精神"贯穿内蒙古的发展史，在各个时期都得以充分体现。

　　在中国人民解放军抗击法西斯和解放战争史上，有一支骁勇善战的草原骁

骑——内蒙古骑兵，由于草原人民的支持，当时革命武装力量成长壮大为五个骑兵师，他们一往无前、锐不可当。骑兵具有快速、机动、灵活、勇猛的特点，擅长战役侦察、远距离运动防御、追歼敌人。当时为了躲开敌人的空袭，骑兵部队经常白天隐蔽、夜间行军，行军时一晚上甚至能奔行两百多公里。在夜间行军时，几百人上千人的队伍，只需要最前面的人和马保持清醒，其他人都可以边骑马边睡觉，战马按照队列的顺序走，不会有一匹马掉队。当战士端着机关枪在茫茫草原上长途奔袭时，往往如神兵天降，让敌人措手不及。在解放战争时期，内蒙古骑兵部队参加了辽沈战役和平津战役，为解放东北和华北做出了重大的牺牲和贡献。乌兰夫同志就曾这样评价："内蒙古骑兵部队以无数可歌可泣的英雄业绩为辽沈战役、平津战役的胜利做出了历史性的贡献。"在抗日战争、解放战争和抗美援朝时期，他们驰骋在辽阔的北疆大地上，为中华人民共和国的诞生建立赫赫战功。中华人民共和国成立后，他们三次参加国庆阅兵仪式，接受了党和国家领导人的检阅。

当年"马蹄踏处坚城破、战刀挥舞鬼神惊"
的英雄们已到耄耋之年，但是他们的传
奇故事仍然铭记在草原人民心中。

　　改革开放初期，内蒙古自治区党委
从实际出发改革农村经济体制，大力推
广联产承包责任制，率先实施草畜双承
包责任制。成为全国农村率先普遍实行
以"大包干"为主的家庭联产承包责任
制的省份之一，这一改革极大地调动了
广大农民从事农业生产的积极性，实现
了农村牧区生产方式的重大变革，也较
早地解决了粮食自给问题。如今内蒙古
已经成为全国 13 个粮食主产区之一、6
个粮食净调出区之一。"1978 年，黄河
南岸的达拉特旗耳字壕公社康家湾大队，
一位叫赵丑女的农村妇女大着胆子承包

了村里的 14 亩土地；当年年末，黄河北岸的托克托县中滩公社也给社员每人划分了 2 亩'口粮田'……为自治区农村牧区改革的实践起点……处处能赚钱，季季是农忙，一改往日闲，欢笑奔小康。这是在农村牧区流传的顺口溜。改革开放在全区各地的田间牧野不断释放动力与活力，新科技、新产业、新项目正雨后春笋般在农村牧区涌现，演绎着现代农牧业的精彩华章。"[1]

（三）忠于职守

蒙古马忠于职守，钟爱家乡和主人，当危难来临，它用自己短小而精悍的身躯托起一个民族，始终与主人和家乡并立而行、并肩奋战，为自己的主人流血流汗，尽心竭力，鞠躬尽瘁，穿梭在风霜雨雪里。内蒙古各族人民也一直秉承着忠于职守的精神，在各自的岗位上兢兢业业，为内蒙古的进步发展默默奉献。

---

[1] 李文明. 北疆沃野谱新曲 粮仓牧场写华章 [N]. 内蒙古日报,2018-12-12.

　　"草原英雄小姐妹"是时至而今仍然被传唱的感人故事。1964年2月9日，小姐妹利用假日自告奋勇为生产队放那384只羊，那时龙梅11岁，玉荣还不满9岁。中午时分，低垂的云层撒下了一串串的鹅毛大雪，怒吼着的狂风席卷着飞扬的雪花。暴风雪很快吞没了茫茫的草原，姐妹二人在靴子跑丢、脚被严重冻伤的情况下，以忠于职守的伟大精神和甘于奉献的强大毅力，依然努力将羊群围拢，勇敢地保护着集体的财产。在和无情的风雪斗争了长达二十多个小时之后，姐妹俩终于被当地的牧民所救，但由于冻伤，姐妹俩最终都接受了不同程度的截肢。草原英雄小姐妹虽然年幼，却竭尽全力地保护了集体财产，她们恪守职责、忠于职守的精神成为一代人的记忆，2009 年姐妹俩被评为"100 位新中国成立以来感动中国人物"。

（四）甘于奉献

蒙古马作为蒙古族人民的亲密伙伴，无论面对怎样的艰苦条件、遥远路途、危难情况，它都是默默承受、无怨无悔，并且不求回报，无私奉献。蒙古马这种甘于奉献的精神也激励着一代代内蒙古各族儿女，为内蒙古和祖国的发展贡献力量。三千孤儿与草原母亲、额济纳旗牧民为了祖国航天事业的发展数次搬迁就是鲜活的体现。

1959 年至 1961 年，我国连续三年遭遇水、旱、虫、雹等自然灾害。资料记载，仅 1960 年 1 月到 3 月上海孤儿院就收留弃婴 5277 名，粮食供应告急。尽管内蒙古自身情况也不容乐观，不少乳制品场停产，但内蒙古还是积极为国家分担自然灾害的压力。时任内蒙古自治区主席的乌兰夫考虑到只是向上海紧急调拨一匹奶粉、炼乳、乳酪是暂时性的援助，最终决定将上海的孤儿接来由牧民抚养，乌兰夫的指示简洁而果断：接一个，活一个，壮一个。这些孤儿经过了汽车、火车，然后又是汽车，还有勒勒车，甚至马背的"长征"，终于来到草原母亲的怀抱。他们被爱怜地称为"上海孤儿"，但他们还有一个名字"国家的孩子"。草原上流传着这样一句话，"严冬时靠毡子御寒，灾难时靠人心取暖"。电影《额吉》中有这样一个镜头，朴素和蔼的蒙古族妇女们，手捧哈达，张开怀抱迎接一个个幼小生命的来临。虽然孩子们听

不懂蒙古语，可"爱"是人世间最美的语言，电影的素材便是取自于这段"三千孤儿与草原母亲"的故事。"而真实的故事比电影更要感人。在乌兰察布市四子王旗草原，有一位蒙古族老人都贵玛，她以草原宽广博大的胸襟养育了 28 个来自南国的孤儿。1961 年，'上海孤儿'被送到草原时，正在托儿所工作的都贵玛只有 19 岁，但她却勇敢地承担起照顾 28 名'上海孤儿'的任务。年轻的未婚姑娘和 28 个咿呀学语的孩子组成了临时大家庭。喂奶、喂饭，穿衣、保暖，都贵玛硬是没让一个孩子挨饿、受冻，直到这些孩子全部被牧民领养。"[2] 都贵

[2] 黄妙轩，三千孤儿和草原母亲，原载《群言·内蒙古专刊》

玛虽然一生没有生育，却儿女成群；她一贫如洗、家徒四壁，却还经常帮助他人。她是广袤草原上一位普通的家庭妇女，却也是伟大的一位"母亲"，它的人格就像草原上的山丹花一样朴实、一样红艳。

张凤仙是呼和浩特土默特蒙古族人，是内蒙古镶黄旗卫生院的一名卫生员。与其他牧民一样，她与丈夫商量后领养了六个孩子。虽然这六个孩子不是张凤仙亲生的，但她却认为"国家的孩子"就是自己的孩子，无论受多大的苦累，也要把这些孩子抚养成人，不负国家所托。于是，她省吃俭用尽自己最大的努力让这些孩子接受最好的教育，功夫不负有心人，这六个孩子长大之后个个都是国家的栋梁之材。两个考上了重点大学，两个参军入伍成为军官，两个留在内蒙古当了公务员。日夜操劳、积劳成疾使得张凤仙的身体每况愈下，1991年，她去世了。这位普普通通的蒙古族妇女，用她的毕生精力成就了六位"国家的孩子"，虽然蒙古族没有去世后立碑的习俗，

但她的孩子们还是在广袤无垠的草原上立下了一块感恩的碑。他们永远铭记这位普通的蒙古族母亲对自己的爱，永远心怀感恩之心。

一个母亲的善良可能会收养一个孩子，而整个草原母亲收养了三千多名孤儿，这其中起重要作用的就是这个民族的文化了，那就是草原文化中对于生命的热爱与尊重。在这茫茫草原，随着岁月的流逝，也许收养孩子的这些母亲，早已不在人世，但她们铸就的无私奉献的精神永不磨灭，往事并不如烟。就像蒙古马对自己主人的爱和奉献，这三千多名"国家的孩子"将永远记着自己的"额吉"，永远心怀感恩。

中华民族自古以来就有"飞天梦"，从神舟一号到神舟十一号成功飞向太空，中国已经成为世界上实力不凡的航天强国。历史不会忘记，额济纳为航天事业所做的贡献，额济纳旗的人民顾全大局、不计个人得失，积极响应国家号召，将他们世代居住的水草肥美的牧场奉献出来，自己则搬迁到自然条件更为艰苦的沙漠腹地生活。"1958 年，中共中央正式批准在位于居延弱水河畔的额济纳旗建设我国第一个综合导弹实验靶场——东风基地，也称酒泉卫星发射中心，被誉为中国航天第一港。中共内蒙古自治区党委做出决定：额济纳旗向北迁移 140公里，以支持国防建设。从此，额济纳旗 300 多户、1400 多名蒙古族牧民开始了长达 8 年，数易其居的生活，他们让出近 4 万平方公里的家园。此后，额济纳旗政府又两度搬迁。"[3] 这些牧民踏遍了额济纳每一寸土地，每到一个新的地方，如果草长得不好，水不能饮用，就重新寻找新的居住地。虽然牧民们历经磨难，但还不忘关注国家航天事业的最新动向，这些消息还牵动着额济纳旗

[3] 神舟升起的地方额济纳：牧民为航天数次搬迁迁 http://www.sohu.com/a/116292934_4291392016.2016-10-17/2019-3-29

蒙古马精神

一些蒙古族牧民的心。因为这片航天基地是他们的故土，有他们牵挂的航天事业，如今看到祖国航天事业日益繁荣壮大，牧民们感叹道：航天事业在那里发展进步，我们搬得再远也值！

放眼额济纳，一望无际的戈壁滩上点缀着如同侍卫般的胡杨，守护着这片土地。胡杨用痉挛般的身躯死死阻挡着风沙侵袭，防止着水土流失，守望着"神舟"飞天。人们经常这样赞美胡杨：生，一千年不死；死，一千年不倒；倒，一千年不朽！这是不屈不挠的"胡杨精神"。"胡杨精神"与"特别能吃苦、特别能战斗、特别能攻关、特别能奉献"的载人航天精神，与吃苦耐劳、坚韧不拔的"蒙古马精神"相互贯通，在额济纳大地发扬光大。额济纳人民用自己的双手在荒凉的戈壁滩上再造新家，把最好的土地留给了祖国的国防和航天事业，体现了祖国至上的大局观和甘于奉献的崇高境界。

内蒙古自治区自建立以来，特别是改革开放后发生了翻天覆地的变化，在经济、政治、文化、社会、生态建设等各领域，都取得了令世人瞩目的成绩。这一切都离不开吃苦耐劳、一往无前、忠于职守、甘于奉献的"蒙古马精神"，正是在"蒙古马精神"的感召和激励下，草原儿女艰苦奋斗，脚踏实地，勇于实践，以实际行动继承、彰显并不断发扬"蒙古马精神"，使其成为内蒙古自治区各族人民团结奋斗、开拓进取的重要精神源泉。新时代，随着改革开放的不断深入，"蒙古马精神"将继续为内蒙古的改革发展提供持久的精神动力，助力建设亮丽内蒙古，共圆伟大中国梦。

第四章 ○○○○○
一脉相承："蒙古马精神"与中国精神

蒙古马不仅是马背民族的交通工具，同时也是民族文化的重要组成部分，是民族文化精神的代表。"蒙古马精神"经过历史的沿袭已经融入边疆人民的血脉中，扎根于中华民族的奋斗史中，这一精神不仅仅只属于内蒙古大草原，它更是属于全中国，属于全世界，成为中国精神的一个重要组成部分。

（一）"蒙古马精神"与民族精神

中国精神贯穿于中华民族五千年历史，积蕴于近现代中华民族复兴历程，它包含以爱国主义为核心的民族精神和以改革创新为核心的时代精神。中国精神是具有很强的民族聚集、动员和感召

效应的精神，而以吃苦耐劳、一往无前等为主要内涵的"蒙古马精神"则更彰显了以爱国主义为核心的民族精神和以改革创新为核心的时代精神的精神品质，丰富了中国精神的谱系。"蒙古马精神"蕴含的中国精神，在两个方面得以体现，即：吃苦耐劳彰显了以爱国主义为核心的民族精神品质；一往无前契合了以改革创新为核心的时代精神的特征。

1. 吃苦耐劳彰显了以爱国主义为核心的民族精神品质

吃苦耐劳是蒙古马独特的精神品质。在牧人的心目中，蒙古马文化是草原民

族物质生活和精神生活的有机组成部分，是一种技能体系、一种知识体系、一种审美体系、一种信仰体系。作为游牧民族的蒙古族在长期与马的亲密接触中也学习到了马身上那种独特的精神，逐渐地马从蒙古族的伙伴和工具发展为人们所信仰和崇拜的文化图腾。他们对马的情感、对马的爱恋、对"蒙古马精神"的追求，已深深融入蒙古民族的灵魂，是流淌在血液中、刻入骨子里的遗传基因，是草原文化的核心象征。

2. 吃苦耐劳是中华民族重要的民族精神内涵

蒙古马和蒙古族人民身上所具有的吃苦耐劳的精神品质，彰显了以爱国主义为核心的民族精神的精神品质。中华民族精神作为中华民族儿女共同的语言，共同的觉悟，共同的理想，源自让世界更和谐、更美好的理念，是真正的中国人所应具有的精神，它是中华民族坚挺的脊梁，是坚强不屈的中国魂，"中华民族精神"就是中国魂。

（二）"蒙古马精神"与时代精神

1. 一往无前契合了以改革创新为核心的时代精神的精神特征

时代精神是时代发展的产物，是一个时代的人们在文明创建活动中体现出来的精神风貌和优良品格，是人类文明在每一个时代的精神体现。时代精神集中表现在社会的意识形态当中，但必须清楚地认识到并不是说任何意识形态中的现象都表现着时代精神，只有那些能够代表时代发展潮流的，能标志一个时代精神文明的，能激励一个民族奋发图强、振兴祖国强大精神动力的，对社会

生产的发展产生积极影响的才可以称之为时代精神。不同时代有不同的时代精神，它是每一个时代特有的普遍精神实质，在民主革命时期形成的"井冈山精神""长征精神""延安精神""红岩精神"等；在社会主义建设时期形成的"雷锋精神""铁人精神""焦裕禄精神"等；改革开放以来形成的"改革创新精神""抗洪精神""两弹一星"精神等都体现了中华儿女在各个时代的精神。正是不同历史阶段中国精神的不同的时代内容，促进了中国精神的更新与升华。而蒙古马身上具有的一往无前的精神正契合了以改革创新为核心的时代精神的精神特征。

马背上的蒙古族，具有一种在任何恶劣的自然环境和社会环境中求得生存和发展的勇气和能力。他们横刀跃马、英勇善战，而独特的地理、人文环境更塑造出了他们执着刚毅的民族性格，也创造出了吉祥与和谐，蕴含了积极进取、不怕困难等含义。蒙古族借用马的自强不息、锐意进取的精神气质来赞美人的精神状态。蒙古马身上所蕴含的勇猛坚毅、吃苦耐劳、勇往直前的精神实质，蕴含了蒙古族儿女远大的理想与无私的情操，成为推动民族走向强大的精神动力，对当代社会发展精神文明、建构和谐社会产生积极的影响。一个民族要承担起时代赋予的使命，只有继承民族的优秀文化传统才会进步。蒙古马昂扬锐气、勇往直前的精神特质已成为中华文明生生不息的精神动力。马作为蒙古人崇拜的精神图腾之一，代表着我们一生追守的意义及守护并实现梦想的力量，它已经从一种古老的图腾崇拜变为一种精神符号驻留在人们心中。

2. 一往无前彰显了中华民族内在的精神力量

"蒙古马精神"如血液般融入民族的社会机体中，并根植于本民族悠久的历史与文化传统中，具有丰厚的历史意蕴，影响着民族文化的走向。它是蒙古族凝聚力的集中体现，是本民族发展的核心，更是民族团结、民族统一的纽带。同时，"蒙古马精神"为民族的社会历史发展提供动力，是时代精神的根基，具有重要的时代价值。

以爱国主义为核心的民族精神和以改革创新为核心的时代精神交相辉映，为伟大的"中国精神"注入了崭新的时代元素。"中国精神"的成长在于中国文化的自强和国家的和平崛起。中国文化内涵，寻的是根，铸的是魂，聚的是心。中国人善良、勇敢、团结、聪明、仁爱、坚忍不拔，中国人用坚韧、勇敢、团结、智慧、大爱向世界展示了令人震撼令人侧目的"中国精神"，中国脊梁！

中国是一个文明古国，在长期的历

史发展过程中，形成了灿烂辉煌的中华
文明，而内蒙古自治区，自古以来就是
中国北方游牧民族的发祥地，也是悠久
古老、博大精深的中华文化在北方的一
个源头，是中华文化的重要组成部分。
传统道德是中华文化的重要内容，中华
民族的传统道德内容十分丰富，当然一
些传统道德因为社会的发展和时代的进
步显示出一定历史局限性或滞后性，而
被时代所淘汰，但其文化内核是合理的，
这就是我们所说的传统美德，比如：自
强不息、厚德载物、求真务实、精忠报国、
诚实守信、勤俭廉正，等等，这些传统
美德世世代代影响着中国人的思想和行

为，经过中华儿女的代代流传，显示出强大的文化感召力，它们已经成为我们强大的精神力量，成为我们民族精神的核心，体现了我们民族的理想和追求。

（三）"蒙古马精神"与社会主义核心价值观

习近平总书记明确提出"蒙古马精神"，这既是对草原人民的精神肯定，也是对全国的爱马人的精神鼓励。"蒙古马精神"是"中国精神"的重要组成部分，而"中国精神"作为民族精神和时代精神的有机统一，是社会主义意识形态的重要组成部分。社会主义意识形态包含了许多内容，比如社会主义核心

价值观、中国梦、中国特色社会主义共同理想、民族精神、时代精神、国家精神，等等。

1.“蒙古马精神”与社会主义核心价值观和中国梦的内在逻辑

马是文明交流与传播的开拓者，是中国人民宝贵的精神财富，“蒙古马精神”是新时代社会主义核心价值观的体现，也是中国梦的承载者，是实现各族人民团结奋斗的坚定信念。

（1）“蒙古马精神”是新时代社会主义核心价值观的体现

内蒙古自治区是草原文化的主要发祥地和承载地，“蒙古马精神”是草原文化中的重要组成部分。在中华民族多元一体说中，黄河文化、长江文化一直是被公认的中华文化的两大源头，但是随着草原文化研究的不断深入，得出的一个令人瞩目的结果：草原文化和长江文化、黄河文化一样是中华文化的主源之一。大量的参考资料和研究都在表明：

中国北方草原正是"中华文明曙光升起的地方"。

草原文化是蒙古族生生不息、勇往直前的精神动力，也是中华优秀传统文化的重要组成部分。"蒙古马精神"植根于草原文化，是草原民族吃苦耐劳、一往无前精神的形象表达。"蒙古马精神"作为中国马文化的重要组成部分，与龙马精神一脉相承，是以社会主义核心价值体系为精髓的社会主义先进文化的具体体现。它与社会主义核心价值观倡导的"爱国、敬业、诚信、友善"，全民族奋发向上、团结和睦精神是一致的，与社会主义核心价值体系中包含的民族精神和时代精神是一致的。爱国同社会主义紧密结合在一起，其要求人们以振兴中华为己任，要有整体意识、大局意识，促进民族团结、维护祖国统一、

自觉报效祖国。敬业则是对公民职业行为准则的价值评价，其要求公民忠于职守，克己奉公，服务人民，服务社会，充分体现了社会主义职业精神。诚信即诚实守信，这是人类社会千百年传承下来的道德传统，也是社会主义道德建设的重要内容，它强调诚实劳动、信守承诺、诚恳待人。友善则强调公民之间应互相尊重、互相关心、互相帮助，和睦友好，努力形成社会主义的新型人际关系。

社会主义核心价值观就是要弘扬共同理想、凝聚精神力量、建设道德风尚，形成全民族奋发向上、团结和睦的精神纽带，使我们的国家、民族、人民在思想和精神上强起来，更好地坚持中国道路、弘扬中国精神、凝聚中国力量。而"蒙古马精神"正与社会主义核心价值观的个人价值层面的价值准则相契合、相一致。所以说，"蒙古马精神"是新时代社会主义核心价值观的体现。

（2）"蒙古马精神"是中华民族伟大复兴中国梦的承载者

"中国梦"，是中国共产党第十八

次全国代表大会召开以来习近平总书记提出的重要指导思想和重要执政理念。习近平总书记把"中国梦"定义为"实现中华民族伟大复兴，就是中华民族近代以来最伟大梦想"，并且表示这个梦"一定能实现"。"中国梦"具体表现为国家富强、民族振兴、人民幸福，而中国梦的实现途径中最重要的一点是弘扬民族精神、凝聚中国力量。"蒙古马精神"对于中华民族伟大复兴"中国梦"的承载者地位，集中表现在两个方面，一方面，包含"蒙古马精神"的"中国精神"是实现"中国梦"的内在动力，另一方面，"蒙古马精神"丰富了各族人民实现"中国梦"的具体精神内涵。"一个没有精神的人，犹如行尸走肉，是个没有希望

的人；一个没有精神的民族，是个软弱的民族，任人宰割的民族，一个没有希望的民族。"

　　具体而言，之所以说包含"蒙古马精神"的"中国精神"是实现"中国梦"的内在动力，是因为精神是人的动力，一个人一旦没有了精神信仰，那就如同行尸走肉，正如汉代王符在《潜夫论·卜列》中所说："夫人之所以为人者，非以此八尺之身也，乃以其有精神也。""中国梦是历史的、现实的、也是未来的；是国家的、民族的，更是每一个中国人的；是我们的，更是青年一代的。"人有了精神，才会有干劲儿，梦想才能实现。"实现中华民族伟大复兴，就是中华民族近代以来最伟大的梦想。这个梦想，凝聚了几代中国人的夙愿，体现了中华民族和中国人民的整体利益，是每一个中华儿女共同的期盼。"

　　之所以说"蒙古马精神"丰富了各族人民实现"中国梦"的具体精神内涵，是因为在当今这样一个政治多极化、经济全球化、文化多元化、社会信息化、

信息网络化的国际大背景下，各种纷繁复杂的文化和价值观多元交织，不同社会信仰相互交流、交融、交锋，我们特别容易迷失自己，丢掉自己的精神信仰，导致不知道自己该何去何从。这时候我们特别需要一个能振奋人心的、一个能让每一个中国人打心眼里都认同的、能把整个中国凝聚起来的精神信仰作为引领，而"中国梦"正是我们所需要的那一个精神引领。实现中华民族伟大复兴，这不仅是我们祖辈的愿望，也是我们当今所有中国人的愿望，更是我们子孙后代的愿望，实现我们中华民族自己的愿望，就是我们民族自己的信仰。以吃苦耐劳、一往无前为核心的"蒙古马精神"，理应在全国各族人民团结奋斗，努力实现中华民族伟大复兴的"中国梦"的进程中，在全国范围内进行弘扬和发展，这样的精神更应该作为实现中华民族伟大复兴"中国梦"的集体精神内涵，在各族人民平等、团结和共同繁荣的进程中发扬光大。"蒙古马精神"已经作为"中国精神"的一部分，作为"中国梦"的承载者，正在为内蒙古2500万各族人民提供实现"中国梦"的强大精神动力。

（3）"蒙古马精神"是实现各族人民团结奋斗的坚定信念

开拓进取的团结奋进精神是"蒙古马精神"的重要组成部分。邓小平同志曾经指出："最重要的是人的团结，要团结就要有共同的理想和坚定的信念。我们过去几十年艰苦奋斗，就是靠用坚定的信念把人民团结起来，为人民自己的利益而奋斗。没有这样的信念，就没有凝聚力。没有这样的信念，就没有一切。"

中国共产党人的最高理想是实现共产主义，在不同的历史阶段又有代表那个阶段最广大人民利益的奋斗纲领，我国现阶段各族人民的共同理想是建设中国特色社会主义，把我国建设成为富强、民主、文明、和谐、美丽的社会主义现代化强国。这一理想体现了个人利益、集体利益和国家利益的统一，集中了我国工人、农民、知识分子和其他劳动者及爱国者的利益和愿望，是现阶段全国人民的奋斗目标和精神动力。而要实现这一共同理想，一切有利于解放和发展社会主义社会生产力的思想道德；一切有利于国家统一、民族团结、社会进步的思想道德；一切有利于追求真善美、抵制假恶丑、弘扬正气的思想道德；一切有利于履行公民权利与义务、用诚实劳动争取美好生活的思想道德，都应当鼓励和支持，这才能团结一切可以团结的力量，动员最广大的人民群众，万众一心，实现建设中国特色社会主义的宏伟目标。而具有吃苦耐劳、一往无前、团结奋进、开放包容等内涵的"蒙古马精神"可以团结和调动广大人民，是实现各族人民团结奋斗的坚定信念。

2."蒙古马精神"是中华民族优良道德传统的体现

"蒙古马精神"和中华民族优良道德传统的内在关联，可以用中华民族优良道德传统文化中的"蒙古马精神"和"蒙古马精神"中的中国优良道德传统来形容。以吃苦耐劳、一往无前为主要特征的"蒙古马精神"是中华民族优良道德传统的重要组成部分，"蒙古马精神"以其极其深厚的内涵，体现了一个民族共同铸造的传统美德，反映了一个民族昂扬向上的精神追求与民族性格。

（1）自强不息、勇往直前的奋斗拼搏精神

自强不息、勇往直前的奋斗拼搏精

神是一种不断超越自我、不断进取的品质，它体现的是一种不屈不挠、顽强奋斗的意志力。自古以来，这种奋斗拼搏的精神就为社会所接受，深入中华民族儿女的心中，对历代的思想家、知识分子和一般民众都产生了强烈的激励作用。而自强不息、知难而进、无所畏惧、一往无前是蒙古马的重要品格。无论是在战场上，还是在日常劳作中，蒙古马都鲜明地体现了昂扬锐气、勇于进取、奔腾不息的突出特征。自强不息的精神，凝聚、增强了民族的向心力，孕育了自信、自尊、自立的民族精神。自强不息、勇往直前的奋斗拼搏精神不仅铸造了历史悠久的中华文明，更是不断激励着中华儿女向着更加辉煌的未来奋勇前进。

（2）忠于职守、鞠躬尽瘁的无私奉献精神

忠于职守指的是始终坚守在自己的岗位上，履行自己应尽的责任。蒙古人自幼就在马背上成长，马就是蒙古人的摇篮。蒙古人认为，马是世界上最完美、最善解人意的牲畜。古老的谚语中这样

描述蒙古人对马的深厚感情："蒙古人没有马，就像人没有手脚。"蒙古马虽然性烈、剽悍，但是对主人却十分忠诚，对故乡无限的眷恋，主人如果受伤、醉酒，只要把他放在马背上，马就会十分温顺地驮着主人将他送回家；在遇到危险的时候，蒙古马甚至会不惜牺牲自己去挽救主人的生命。蒙古马身上所具有的忠于职守、无私奉献的精神也是中华民族优秀的传统道德，是历代中华民族儿女广为传颂的精神品质。

　　（3）开放包容、开拓进取的团结奋进精神

　　蒙古马身上具有一种开放包容的精神，它们具有很强的群体生活意识，即使分离多年仍然能够准确识别自己的直系亲属，这主要源于蒙古马的生存环境恶劣，要想生存和发展，就必须依赖于群体生活。从社会学的角度来讲，群体生活依赖于拥有一个相对稳定和持久的结构，并且成员有着共同目标，群体中的成员对群体有认同感和归属感，有共同的价值观，为了更好地达到目标，成员之间需要沟通与交流，也基于此，培育了蒙古马的开放包容的品格。

（4）尊崇自然，敬畏生命的热爱和平精神

"蒙古马精神"实质上体现的是一种人与自然和谐相处的崇高境界，几千年来，蒙古马和蒙古族相伴生，蒙古族被誉为"马背上的民族"，传统生产中的游牧转场离不开蒙古马，生活中的娱乐休闲更是依赖于马，各种与马相关的技艺活动丰富多彩。蒙古马自强不息、勇往直前的奋斗拼搏精神，忠于职守、鞠躬尽瘁的无私奉献精神，开放包容、开拓进取的团结奋进精神，尊崇自然、敬畏生命的热爱和平精神，包含着草原

民族最根本的精神基因，蕴含着中华民族儿女的远大理想与无私的情操，对于传承中华民族优秀传统道德，推动社会主义精神文明建设、建构社会主义和谐社会有着重要的影响。弘扬"蒙古马精神"就是要从草原文化中充分汲取思想道德营养，并且要结合时代要求加以延伸阐发，使草原民族最基本的文化基因与当代文化相适应、与现代社会相协调。

第五章 ○○○○○○
守护传续：做"蒙古马精神"
的模范践行者

习近平总书记指出，"精神是一个民族赖以长久生存的灵魂""只有坚持从历史走向未来，从延续民族文化中开拓前进，我们才能做好今天的事业"。新时代，要继续大力弘扬"蒙古马精神"，

把"蒙古马精神"作为实现守望相助、开创美好未来的精神源泉，作为鼓舞各族人民开拓进取的强大精神动力。"蒙古马精神"的丰富内涵和时代价值，时刻激励着我们要守护传续好"蒙古马精神"，做"蒙古马精神"的模范践行者。

（一）"蒙古马精神"助力新时代内蒙古全面发展

新时代，内蒙古自治区各领域要继续大力弘扬"蒙古马精神"，坚定理想信念，进一步激发干事创业的斗志，统筹推进五位一体总体布局，在经济发展、民族团结、文化繁荣、生态文明建设等方面全面发展，把各族人民幸福生活的风景线建设得更加亮丽。

1. "蒙古马精神"助力经济新发展

经过七十多年的洗礼，内蒙古自治区取得了巨大的成就，通过全区人民不懈奋斗和努力，如今在这片 118 万平方公里的土地上呈现的是繁荣富强、祥和安宁的大好景象。但同时，我们必须清楚地认识到我区是欠发达地区的区情没有改变，改革发展中还存在这样那样的问题。内蒙古自治区地域宽广、资源丰富、幅员辽阔、物产丰富。羊、煤、土、气等资源曾有效支撑了过去内蒙古经济的

快速发展，但同时这种特色资源的优势也造成了资源加工单一、产业结构单一、缺乏深度加工等一系列的问题。近年来，内蒙古自治区党委政府针对这一问题提出了调整产业结构、促进产业转型升级等一系列政策措施，促进经济社会的可持续发展。

我区的基本区情和奋斗目标，决定了即使遇到艰难困苦，我们也必须动员和凝聚全区各族人民的力量继续进行艰苦创业；决定了我们必须大力弘扬不畏艰险、坚韧不拔的精神。内蒙古过去在经济上取得的骄人成绩离不开"蒙古马精神"，如今的内蒙古又踏上新的征程，这就更加需要继续弘扬"蒙古马精神"，激励和鞭策各族群众干部迎难而上，砥砺前行。在新时代如何将短板补齐，持续推进产业结构升级改造，实现平衡的发展速度和质量是一个难啃的硬骨头。我们既要脚踏实地、吃苦耐劳又要心存高远、一往无前，助力内蒙古经济新发展。

2."蒙古马精神"助力推进文化强区建设

一个民族如果形成了强烈的自信心和自豪感的文化心态，就能够在民族昌盛的时候，再接再厉，不断进取，争取更大的胜利；而一旦民族遇到挫折的时候，就能够坚韧不拔地奋斗，变失败为成功，视挑战为机遇，以坦诚乐观的态度面对困境，用艰苦奋斗的精神开辟新局面，为民族的兴亡和国家的昌盛而浴血奋战。民族文化认同的力量深深熔铸在民族的生命力、创造力和凝聚力之中，这种精神使不同时期的蒙古各族人民都会顽强保卫自己的故土。内蒙古自治区在"最危险的时候"，能够克服艰难险阻，排除内忧外患，其内在动力源自植根草原文化中的坚强的"蒙古马精神"。

"蒙古马精神"是蒙古民族历史文化的深厚积淀，体现出蒙古族特有的民族精神和审美追求，"蒙古马精神"也逐渐成为内蒙古各族人民团结奋进的精神动力，是全区各族人民共有的精神家园。习近平总书记考察内蒙古时，从历史和时代的高度，提出"守好内蒙古少数民族美好的精神家园"的希冀。守好少数民族精神家园就是要求我们内蒙古要传承和发展好各民族人民共同创造的优秀民族文化，保护和维系好民族文化的基因和血脉，并不断与时代精神相贯通，努力形成各民族人民理想的精神栖息地。

"蒙古马精神"植根于草原文化，是草原民族吃苦耐劳、一往无前精神的

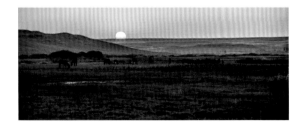

形象表达。"蒙古马精神"有草原文化最根本的精神基因、有草原民族最深层的精神追求，它是草原先进文化的灵魂，体现着爱国、爱家乡、爱人民，诚信、友善、敬业这些基本道德规范，在蒙古民族长期发展的历史进程中，"蒙古马精神"已经凝聚成为艰苦奋斗、吃苦耐劳、无私奉献、勇往直前的精神追求，这一精神追求作为社会主义核心价值体系的重要组成部分，已经深深融入精神文明建设和党的建设之中，贯穿到改革开放和社会主义现代化建设的方方面面，为内蒙古自治区的繁荣发展发挥了重要精神支撑作用，也必将成为凝聚和引导各族人民团结奋斗的强大动力。

3. "蒙古马精神"助力和谐社会建设

建设社会主义和谐社会，这是中国共产党推进中国社会发展与进步的重要措施。内蒙古既是边疆地区，又是民族地区，在国家安全和社会稳定的大局中具有非常重要的战略地位。大力弘扬"蒙古马精神"中忠于职守、精忠团结的品质，以精神凝聚人心，不断明确并丰富"蒙古马精神"的外延含义。在发展民族经济、繁荣发展民族文化、各民族共同团结进步、共同繁荣发展的同时，进一步巩固平等、团结、互助、和谐的社会主义民族关系，促进各民族像石榴籽一样紧紧抱在一起，共同守卫祖国边疆、共同创造美好生活。弘扬"蒙古马精神"，使之成为全区各民族同呼吸、共命运、心连心的牢固精神纽带。大力推进平安内蒙古建设，深入开展安全隐患大排查大整治行动，统筹推进各领域安全工作；建设法治内蒙古，全力提升依法治区水平，深入开展法制宣传教育，弘扬社会主义法治精神，增强群众法律意识，树

立法治理念，引导群众自觉把法律作为指导和规范自身活动的基本行为准则，营造全社会学法、尊法、守法、用法的良好氛围。发扬"蒙古马精神"，助力新时代内蒙古和谐社会建设，保持内蒙古稳定安宁具有极端重要性，打造边疆安宁的风景线，对于巩固民族平等、团结、互助、和谐的民族关系，筑牢北疆安全稳定屏障，实现自治区和国家的长治久安，具有十分重要的现实意义。

4. "蒙古马精神"助力深化对外交往

国际秩序的和谐稳定是我国进行社会主义现代化建设以及实现伟大"中国梦"的重要外部条件，内蒙古自治区位于祖国北疆，在对外关系中具有重要的地位。对外开放，给内蒙古自治区带来了发展的机遇，带来了思想的解放，带来了经济的腾飞，带来了社会的繁荣。各民族以宽广的视野、开放的胸襟交往交流交融，人民更自信，前景更广阔，"一带一路"倡议把中国机遇转化为世界机遇，促进中国与世界共同发展。毗邻俄罗斯、蒙古国的内蒙古以此为契机，努力搭建开放平台，彰显沿边开放的魅力。立足内蒙古独特经济社会条件和历史发展脉络，经过深入调研，习总书记提出内蒙古长远发展的清晰战略指引：内蒙古各族干部群众守望相助，把内蒙古建成"我国向北开放的重要桥头堡"[1]，"蒙古马精神"将成为新时代内蒙古自治区深化对外友好交往的重要纽带。

"一带一路"战略深刻体现了包容性发展的理念，旨在建设紧密的区域经济共同体。建设草原丝绸之路，深化开放合作，"蒙古马精神"作为全区各族人民开拓进取的精神纽带必然会积极主

[1] 以习近平同志为核心的党中央关心内蒙古发展纪实 [N]. 人民日报 .2017-08-07.

动融入进来。开放合作是内蒙古实现富民强区的必由之路。要紧紧围绕"加快形成北上南下、东进西出、内外联动、八面来风的对外开放新格局"目标，充分发挥内联八省区、外接俄蒙的区位优势，主动融入和服务"一带一路"建设、京津冀协同发展、长江经济带建设等国家发展战略，以更加宽广的视野和胸襟全方位扩大对内对外开放，在更大范围、更宽领域、更深层次上融入全国，走向世界[2]。习近平总书记格外强调："要通过扩大开放促进改革发展，发展口岸经济，加强基础设施建设，完善同俄罗斯、蒙古合作机制，深化各领域合作，把内

[2] 安静赜：《发扬"蒙古马精神"，推动经济健康发展》，《内蒙古日报》2017 年 1 月 9 日。

蒙古马精神

蒙古建成我国向北开放的重要桥头堡"，提升沿边开发开放水平，加快推进区域合作，将成为内蒙古在经济发展新常态下呈现的又一个新亮点。"蒙古马精神"以其吃苦耐劳、一往无前的丰富内涵和以坚韧不拔、勇往直前、忠于职守、甘于奉献的突出特征，成为激发自治区深化对外交往创新实践的精神动力。

5. "蒙古马精神"助力绿色内蒙古建设

生态文明建设事关中华民族永续发展和"两个一百年"奋斗目标的实现，保护生态环境就是保护生产力，改善生态环境就是发展生产力。当前，内蒙古自治区的生态文明建设走到了"进则全胜、不进则退"的历史关头。我们必须

以习近平生态文明思想为指引，坚决贯彻落实习近平总书记对内蒙古系列重要讲话重要指示精神和自治区党委十届九次全会精神，保持加强生态文明建设的战略定力，坚定不移走以生态优先、绿色发展为导向的高质量发展新路子，推动内蒙古生态文明建设再上新台阶。

"内蒙古的生态状况如何，不仅关系内蒙古各族群众生存和发展，也关系华北、东北、西北乃至全国生态安全，要努力把内蒙古建成我国北方重要的生态安全屏障"，要"加强生态环境保护，在祖国北疆构筑起万里绿色长城"，要"保持加强生态文明建设的战略定力，探索以生态优先、绿色发展为导向的高质量发展新路子，加大生态系统保护力度，打好污染防治攻坚战，守护好祖国北疆这道亮丽风景线"，这些论述都深刻地阐述了内蒙古生态文明建设在我国生态文明建设大局中的战略地位。

内蒙古自治区党委、政府牢记习近平总书记谆谆嘱托，切实筑牢我国北方重要生态安全屏障和祖国北疆安全稳定屏障，"两个屏障"建设取得了明显成效。像保护眼睛一样保护生态环境，生态文明之路越走越宽。"要像保护眼睛一样保护生态环境，像对待生命一样对待生态环境。""环境就是民生，青山就是美丽，蓝天也是幸福。""我们要建设的现代化是人与自然和谐共生的现代化，必须坚持节约优先、保护优先、自然恢复为主的方针，形成节约资源和保护环境的空间格局、产业结构、生产方式、生活方式，还自然以宁静、和谐、美丽。"尊重自然、顺应自然、保护自然。这对于内蒙古而言，战略意义非同一般。绿水青山就是金山银山，内蒙古自治区瞄准"祖国北方重要生态安全屏障"的目标，以生态文明理念为指引，生态建设和环境保护双轮驱动，守望着绿水青山，守望着林海草原。习近平总书记的讲话为内蒙古的建设发展指明了方向，绿色是内蒙古的底色和价值，生态是内蒙古的责任和潜力，内蒙古各族人民以"蒙古马精神"为精神定力，始终保持守望相助、团结奋斗、一往无前的精神状态，苦干实干、担当负责、忠诚奉献，以最有效的举措，用最稳健的行动，深入践行习近平生态文明思想，以构筑万里绿色长城为主线，深化改革创新，转变发展方式，提升治理能力，生态保护与建设取得了新的成绩。

内蒙古自治区第十三届人民代表大会第二次会议上的政府工作报告指出，绿色是我们最大的财富，美丽内蒙古是我们共同的梦想，美丽内蒙古，必定是天蓝水清地绿、人与自然和谐共生的内蒙古。因而，新时代内蒙古自治区要继续推进建设祖国北疆这道重要生态安全屏障，不断增强各族群众获得感、幸福感、安全感，必须有"蒙古马精神"作为前进的精神定力，以吃苦耐劳的决心、

一往无前的勇气激发全区各族人民勇于担当的精神。大力弘扬"蒙古马精神"，助力新时代内蒙古生态文明建设，助力梦圆绿色内蒙古。

（二）新时代要大力弘扬和践行"蒙古马精神"

新时代新要求、新征程新任务，持续深入弘扬、培育和践行"蒙古马精神"，要继续开拓创新、无私奉献，始终保持昂扬向上的精神状态和百折不挠的奋斗精神，做"蒙古马精神"坚定的弘扬者和践行者，守护传续好"蒙古马精神"，守护好全区各族人民共有的精神家园。

1. 践行"蒙古马精神"应将其与社会主义核心价值观紧密结合

"蒙古马精神"深深根植于中华民族优秀文化的沃土，是中华民族的宝贵精神财富，在与时俱进中被赋予了新的时代价值，与社会主义核心价值体系中

包含的民族精神和时代精神相一致，对实现中华民族伟大复兴的"中国梦"具有重要意义。

"蒙古马精神"植根于草原文化，是草原民族吃苦耐劳、一往无前精神的形象表达。践行"蒙古马精神"，就是要将其与社会主义核心价值观的培育和践行紧密结合，就是要使全区各族干部群众更加坚定干事业、勇担责。培育和践行社会主义核心价值观，就是要在尊重民族文化、承认个体价值差异的基础上，实现社会主义核心价值观的引领地位。在培育和践行社会主义核心价值观的过程中要把它与民族优秀传统文化结合起来，特别是对具有鲜明地域特色的文化进行挖掘、培育和弘扬，从老百姓的视角，用通俗的话语、少数民族的语言去阐述，以期做到润物细无声，将社会主义核心价值观结合"蒙古马精神"渗透到群众的意识和日常生活中。

2. 践行"蒙古马精神"应着力保护和发展马文化

弘扬"蒙古马精神"，就必须把为人类做出贡献的"马"保护好、研究好、发展好。近年来，内蒙古自治区在经济平稳发展的同时，在马业发展方面也占据重要地位。内蒙古自治区具有底蕴深厚的马文化传统以及良好的马业发展资源条件，全力加快内蒙古马业发展，对于充分展现内蒙古自治区各族人民的精神风貌，自治区深厚独特的草原文化、民族马文化，推动社会主义核心价值体系的建设、促进民族文化事业发展与旅游产业发展，促进牧民群众增收、形成经济发展新的增长点、实现富民强区都

将产生积极的带动作用。要把自治区及各盟市、旗县市区对外有影响力的那达慕赛事，以及有影响力的赛马等活动继续办好，并在这些赛事活动中选择重点，进一步打造提升成为区级、盟市级对外有影响的赛事，并策划设计将一些观赏性比较强的活动打造成为旅游文化活动品牌。盟市旗县市区文化、旅游部门应加大对马赛事活动的扶持和引导，打造和提升马赛事活动品牌，积极引导社会力量投资发展马产业。弘扬"蒙古马精神"从马抓起，做马的品牌效益和文化产品，为铸牢中华民族共同体意识奠定基础。

3. 践行"蒙古马精神"应继续完善文化产业和服务

完善公共文化服务设施，为弘扬"蒙

古马精神"创造条件。公共文化设施是公共服务事业的主要领域，也是弘扬"蒙古马精神"的传播之地。"蒙古马精神"内在于心，外化为日常表现，可寄托于文化设施得到传承和传播。日常的文化服务设施直接关系到民生，是民众精神需求得以满足的重要保障。在日常公共文化服务设施的建立完善过程中，需将"蒙古马精神"注入本地区公共文化服务事业之中，不断完善公共文化服务体系，深入实施文化惠民工程，丰富群众性文化活动。而要完善公共文化服务体系，需要多方面力量共同努力。如既是"蒙古马精神"的传承者，又是"蒙古马精神"

的保护者的政府机构就需加大对公共文化服务体系的投入、支持力度，制定相关政策来确保公共文化事业的开展与维持，并且应积极利用现有的互联网条件，进一步推动"蒙古马精神"深入人心，为中华民族共同体意识的建立奠定思想基础。大力发展文化事业，为弘扬"蒙古马精神"创造条件。文化事业是"蒙古马精神"的寄托，大力发展文化事业，通过文化产业促进本地区各项事业的发展，对于推进民族团结具有重要作用，对中华民族共同体意识的培育也具有重要意义。

4. 践行"蒙古马精神"应将建设亮丽风景线的目标融入其中

放眼全国，全体中华儿女共同努力的目标就是为实现中华民族伟大复兴的"中国梦"而奋斗，而就内蒙古而言，全区各族儿女的共同目标就是守望相助，建设北疆亮丽风景线。"中国梦"是每一个中华儿女的梦，而建设亮丽内蒙古也是每一个草原儿女的希冀，"不积跬步无以至千里，不积小流无以成江海"，仰望星空更要脚踏实地。在脚踏实地逐步落实改革发展的各项举措时，作为实现自治区目标的强大精神动力——"蒙古马精神"，要融入经济社会发展的各个领域，以"蒙古马精神"为全区各族人民提供强大的精神定力，更加坚定内蒙古各族人民建设北疆亮丽风景线的信心与信念。推动亮丽风景线目标的实现，践行吃苦耐劳、一往无前的"蒙古马精神"，推进自治区各项事业迈向新的台阶。

"蒙古马精神"是推动内蒙古自治

区高质量发展的精神力量，它所包含的首创、奋斗、甘于奉献、吃苦耐劳、一往无前精神，在新时代背景下被注入新的内涵、得到新的阐释。新征程上，我们要汲取"蒙古马精神"的力量，做"蒙古马精神"的弘扬者和践行者，以永不懈怠的精神状态和一往无前的奋斗姿态，在新时代引路人的引领下，谱写内蒙古新的华章，铸就内蒙古新的辉煌！展望未来，新时代的"蒙古马精神"正在全力以赴，为实现中华民族伟大复兴的"中国梦"注入奔腾不息的蓬勃动力和磅礴力量。

蒙古马精神

结　语

2014 年 5 月 12 日，习近平总书记在出席世界汗血马协会特别大会暨中国马文化节开幕式上发表的重要讲话中指出，"马在中华文化中具有重要地位，中国的马文化源远流长。建设国家需要万马奔腾的气势，推动发展需要快马加鞭的劲头，开拓创新需要一马当先的勇气。马是奋斗不止、自强不息的象征，马是吃苦耐劳、勇往直前的代表。"新时代，内蒙古自治区各族儿女将谨记习近平总书记的殷殷嘱托，在继续推进改革开放的生动实践中，进一步弘扬、丰富和发展"蒙古马精神"的科学内涵和时代价值，守护传续好"蒙古马精神"，做"蒙古马精神"的坚定的模范践行者。

后 记

为弘扬"吃苦耐劳、一往无前，不达目的绝不罢休"的蒙古马精神，继承和发展马文化，内蒙古社科联组织策划了"内蒙古马文化与马产业研究丛书"，并在此基础上，借助"内蒙古社会科学基金项目"社科普及类项目资金的支持，编撰了这套口袋书。以口袋书的形式宣传、推广马文化和马产业相关知识，在我区甚至我国尚属首次。

在本书统编过程中，得到了内蒙古自治区党委宣传部、内蒙古社科联的支持，在此深表感谢。

由于水平有限，书中难免存在谬误，恳请读者和有关专家学者予以指正，我们将不胜感激。

编者

2019 年 8 月 5 日

蒙古马精神